愛美麗華語（Ⅱ）
LOVEmily Mandarin Chinese
(Easy Reading)

愛美麗　著

CONTENTS　内容（目録）

前言

　　《愛美麗華語 II》簡易閱讀版是一本容易自學或教學的兩用書，這本書簡潔易學生動有趣，內容貼近真實生活，並以學習者觀點設計活潑的練習題型，學習上輕鬆愉快無壓力；且便於隨身攜帶的設計。這本活潑有趣的《愛美麗華語 II》共十個主題，每一課含生詞，課文及練習共三部分，適用每次五十分鐘的課程，全書學習時數(含練習與複習)依教學進度或自學者學習程度約 30 至 50 小時。本書學習對象不限，未具備華語文學習經驗者，可在此書習得基礎會話；已具備基礎會話者，可提升自我在華語文領域的運用能力。

Preface

　　"LOVEmily Mandarin Chinese II" is a Mandarin Chinese book, which is easy to use for either self-learning or teaching Mandarin. "LOVEmily Mandarin Chinese II" has interesting content relevant to real life scenarios and fun, lively exercises written from the learner's perspective. "LOVEmily Mandarin Chinese II" contains 10 lessons, each with a specific topic. Each lesson includes reading, vocabulary and exercises. The core of each lesson is designed to take about 50 minutes. Including the additional exercises and review time for each lesson, the learner will take 30-50 hours to finish the entire book. This book is suitable for all ages. Beginners will find that it is a gentle introduction to Mandarin with basic reading that can be used in daily life, and more experienced learners will find it a good aid to practice or enhance their Mandarin.

序文

　　《愛美麗華語 II》簡易閱讀版は、自己学習または教育に適した両方使いやすい本です。この本は簡潔で、生動で、興味深く、現実的な生活に密接に関連しています。学習者の視点から活気のある練習問題を設計し、学習が楽しく、ストレスなく行えます。また、持ち運びに便利なデザインにもなっています。この活気のある面白い「愛美麗華語 II」は、10 テーマを含み、各課には単語、テキスト、練習の 3 つのパートがあり、1 回の授業は 50 分間を想定しています。全体の学習時間（練習と復習を含む）は、学習進度や自己学習者の学習レベルに応じて、約 30～50 時間です。本書の学習対象者は限定されません。華語学習の経験がない人は、本書で基本的な会話を学ぶことができます。もう基本的な会話能力を持っている人は、自己の華語文領域での活用能力を向上させることができます。

感謝文

　　我由衷感謝我的家人，朋友們和我來自全世界的學生們大力的支持，讓我能開心順利圓滿的完成第二本華語書《愛美麗華語II》簡易閱讀版。特別感謝幕後的工作夥伴們協助完成這本有趣實用的《愛美麗華語II》。《愛美麗華語II》書中投注了我的教學方法與心要，並期望經由此書能使所有學習者快速輕鬆學習華語。希望大家都繼續喜歡華語並與我一起開心學習開心！再次感謝我的學生們擔任本書課文角色。

Acknowledgments

　　I would like to offer my gratitude to the support from my wonderful family, friends and all my students around the world. I would like to thank the people who have devoted much time and effort in working with the"LOVEmily Mandarin Chinese book (II)". I've applied my experience in teaching into this book in order to assist those interested in learning Mandarin. I hope this is an easy and fun way of doing so. Let us happy learning together!

　　I would like to thank again my students for playing a role in my book.

感謝

　　家族や友人、そして世界中の生徒たちからの力強い支援に深く感謝しています。そのおかげで、私は二番目の華語の本「愛美麗華語II簡易版」を楽しく順調に完了することができました。特に、裏方のパートナーたちがこの面白くて実用的な「愛美麗華語II」を完成するのを手伝ってくれたことにも感謝しています。

　　「愛美麗華語II」には私の教育法と心が込められており、この本を通じてすべての学習者が華語を迅速かつ簡単に学ぶことができることを期待しています。華語を楽しんで、一緒に楽しく学んでいくことを願っています！また、本書の内容の中に役を担っていただいた生徒たちに再度感謝いたします。

Let's Learn
学ぼう

Let's Learn 学ぼう

1. Subjects and Possessive Nouns 主語と所有格

You 您 nín 你 nǐ 妳 nǐ I 我 wǒ   She 她 tā、He 他 tā、It 它 tā
あなた、～さん   私   彼、彼女、それ

PERSON 人	單 dān 數 shù Singular		所 suǒ 有 yǒu 格 gé Possessive
1st	我 wǒ **I** 私	我 wǒ 是 shì **I** 私です	我 wǒ 的 de **My / Mine** 私の
2nd	您 nín / 你 / 妳 nǐ **you** あなた、～さん	您 nín / 你 / 妳 nǐ 是 shì **You are** あなた、～さんです	您 nín / 你 nǐ / 妳 nǐ 的 de **Yours** あなたの、～さんの
3rd	她 tā/ 他 tā 它 **She / He/ It** 彼、彼女、それ	她 tā/ 他 tā/ 它 tā 是 shì **She / He / It is** 彼、彼女、それです	她 tā/ 他 tā 的 de **Hers / His** 彼の、彼女の、それの
PERSON 人	Plural 複 fù 數 shù		Possessive 所 suǒ 有 yǒu 格 gé
1st	我 wǒ 們 men **We / us** 私たち	我 wǒ 們 men 是 shì **We are** 私たちです	我 wǒ 們 men 的 de **Ours** 私たちの
2nd	您 nín 你 nǐ / 妳 nǐ 們 men **You** あなたたち	您 nín / 你 / 妳 nǐ 們 men 是 shì **You are** あなたたちです	您 nín / 你 / 妳 nǐ 們 men 的 de **Yours** あなたたちの
3rd	他 tā / 她 tā 們 men **They** 彼ら	他 tā / 她 tā 們 men 是 shì **They are** 彼らです	他 tā / 她 tā 們 men 的 de **Theirs** 彼らの

2. EASY CHINESE GRAMMAR 簡易文法

是 **shì** is used to say something about a person and thing.
〜です: 人物、物事を説明するために用いられます。

用來說明人事物。

Subject	BE Verb	Noun
我 **Wǒ** I	是 **shì** am	王 **wáng** 小 **xiǎo** 姐 **jiě** Miss. Wang
我 **Wǒ** I	是 **shì** am	美 **měi** 國 **guó** 人 **rén** American
他 **Tā** 們 **men** They	是 **shì** am	朋 **péng** 友 **yǒu** friends

很 **hěn** is used to emphasize an adjective to a great degree.
〜とても: 形容詞や状態を強調するために用いられます。

用於強調形容詞，狀態。

Subject	Adverb	Adjective / Vst
我 **Wǒ** I	很 **hěn** (am) very	好 **hǎo** fine
我 **Wǒ** I	很 **hěn** (am) very	忙 **máng** busy
他 **Tā** 們 **men** They	很 **hěn** (am) very	開 **kāi** 心 **xīn** joyful / happy

3. EASY CHINESE GRAMMAR 簡易文法

Mandarin Chinese, you can easily communicate with short phases to long sentences. 簡単に華語の文法やフレーズを使ってコミュニケーションすることができます。您可以輕鬆地用中文短句或短語進行交流。

Subject 主詞	Day/Date 日/日期	Time 時間	Verb 動詞	Place 地方	Verb 動詞	Noun 名詞
						午餐 **wǔ cān** lunch 昼ご飯
					吃 **chī** eat 食べる	午餐 **wǔ cān** lunch 昼ご飯
				餐廳 **cān tīng** restaurant レストラン	吃 **chī** eat 食べる	午餐 **wǔ cān** lunch 昼ご飯
			去 **qù** go 行く	餐廳 **cān tīng** restaurant レストラン	吃 **chī** eat 食べる	午餐 **wǔ cān** lunch 昼ご飯
		1 點 **yi diǎn** 1pm 一時に	去 **qù** go 行く	餐廳 **cān tīng** restaurant レストラン	吃 **chī** eat 食べる	午餐 **wǔ cān** lunch 昼ご飯
	今大 **jīn tiān** Today 今日	1 點 **yi diǎn** 1pm 一時に	去 **qù** go 行く	餐廳 **cān tīng** restaurant レストラン	吃 **chī** eat 食べる	午餐 **wǔ cān** lunch 昼ご飯
他 **Tā** He 彼は	今天 **jīn tiān** Today 今日	1 點 **yi diǎn** 1pm 一時に	去 **qù** go 行く	餐廳 **cān tīng** restaurant レストラン	吃 **chī** eat 食べる	午餐 **wǔ cān** lunch 昼ご飯

My Job
私の仕事

大家好！我是阿克，
Dà jiā hǎo! Wǒ shì ā kè,
Hi Everyone! My name is Chris.

我是加拿大人，我來台灣七年了
Wǒ shì Jiānádà rén, wǒ lái Táiwān qī nián le
I am Canadian, I have been to Taiwan for 7 years.

我在一家科技公司工作， 我是一位主管。
Wǒ zài yī jiā kē jì gōng sī gōng zuò, wǒ shì yī wèi zhǔ guǎn.
I work for a Technology company. I am a person in charge

我們公司賣電腦和手機，
Wǒmen gōng sī mài diàn nǎo hàn shǒu jī,
My company sell computer and cellphone.

我每天跟客戶開會，真的很忙！
Wǒ měi tiān gēn kè hù kāi huì, zhēn de hěn máng!
I have meeting with my client everyday, really busy!

単語 Vocabulary　生詞 shēng cí

カナダ人	Canadian	加拿大人 Jiānádà rén
テクノロジー	Technology	科技 kējì
会社	Company	公司 gōng sī
パソコン	computer	電腦 diàn nǎo
携帯電話	cellphone	手機 shǒu jī
毎日	everyday	每天 měi tiān
クライアント	client	客戶 kèhù
会議	meeting	開會 kāi huì
本当に	really	真的 zhēn de
忙しい	busy	忙 máng

Power Station 充電場

跟 gēn：with，〜と

Eg, 我跟客戶開會 Wǒ gēn kèhù kāi huì.

I have meeting with client. 私はクライアントさんと会議があります。

我跟朋友一起吃晚餐 Wǒ gēn péngyǒu yīqǐ chī wǎncān.

I have dinner with friend. 私は友達と一緒に晩ご飯を食べます。

Measure words:

A company　一家公司: yī jiā gōng sī

Is a proper measure word used for: company, restaurant and shops, etc.

それは、企業、レストラン、ショップなどに使用される適切な助数詞です。

A person in charge 一位主管: yī wèi zhǔ guǎn

It uses for professions /esteemed position.

職業や尊敬される地位を表すために使用されます。

Exercise 練習 liàn xí

_____　　_____　　_____

2. Answer the questions　口語練習

①你是哪裡人　**Nǐ shì nǎ lǐ rén**？

Where are you from?　あなたはどこからの人ですか。

②你的工作是什麼　**Nǐ de gōng zuò shì shénme**？

What is your work?　お仕事は何ですか。

③你工作忙嗎　**Nǐ gōng zuò máng ma**？

Is your work busy?　お仕事は忙しいですか。

Like it/ Dislike it
好き嫌い

麻亞是印尼人，她很喜歡吃水果。

Má yǎ shì Yìnní rén, tā hěn xǐhuān chī shuǐ guǒ.

Maya is Indonesian, she really likes to eat fruit.

她最喜歡吃香蕉，

Tā zuì xǐ huān chī xiāng jiāo,

Her favorite fruit is banana.

她也很喜歡喝香蕉牛奶。

Tā yě hěn xǐ huān hē xiāng jiāo niú nǎi.

She also likes to drink banana milk.

麻亞的同學喜歡吃榴槤，他覺得很美味。

Má yǎ de tóng xué xǐ huān chī liú lián, tā juédé hěn měi wèi.

Maya's classmate likes to eat dorian. He thinks it is delicious.

可是麻亞覺得榴槤很臭，她一點也不喜歡！

Kěshì mǎ yà jué dé liú lián hěn chòu, tā yī diǎn yě bù xǐ huān!

But Maya feels dorian smells bad, she doesn't like it at all.

単語 Vocabulary　生詞 shēng cí

インドネシア	Indonesia	印尼	Yìnní
好き	like	喜歡	xǐ huān
果物	fruit	水果	shuǐ guǒ
バナナ	banana	香蕉	xiāng jiāo
ドリアン	dorian	榴槤	liú lián
クラスメート	classmate	同學	tóng xué
最も	the most	最	zuì
食べる	eat	吃	chī
～と思う	feel	覺得	juédé
でも、しかし	but	可是	kě shì
おいしい	delicious	美味	měi wèi
いい匂い	smells good	香	xiāng
臭い	smells bad	臭	chòu
ちっとも～	not at all	一點也	yī diǎn yě

Power Station　充電場

她 tā (female SHE) in formal writing.

と（彼女、女の方の"彼"）は文書の上に使うだけで。

Exercise 練習 liàn xí

_____　　_____　　_____

2. Please complete the fellowing sentences with Adverb　句型練習

①我喜歡 Wǒ xǐ huān____

　I like　～が好きです。

②我不喜歡 Wǒ bù xǐ huān___

　I don't like　～が好きではありません。

③我最喜歡 Wǒ zuì xǐ huān___

　I like it the most　～が一番好きです。

④我最不喜歡 Wǒ zuì bù xǐ huān___

　I don't like it the most　～が一番好きではありません。

Exercise Regularly
よく運動する

林大山常常去健身房健身，

Lín dà shān chángcháng qù jiàn shēn fáng jiàn shēn,

Lin Dashan often goes to the gym to work out.

他總是用跑步機跑步，有時候會舉重。

Tā zǒng shì yòng pǎo bù jī pǎo bù, yǒu shí hòu huì jǔ zhòng.

He always runs on a treadmill and sometimes lifts weights.

林大山喜歡交朋友，

Lín dàshān xǐ huān jiāo péng yǒu,

Lín Dashan likes to make friends,

他在健身房喜歡跟女生聊天。

Tā zài jiàn shēn fáng xǐ huān gēn nǚ shēng liáo tiān.

He likes to chat with girls in the gym.

他有時候在週末跟朋友一起去爬山或游泳。

Tā yǒu shí hòu zài zhōu mò gēn péng yǒu yī qǐ qù páshān huò yóuyǒng

He sometimes goes hiking or swimming with his friends on the weekends.

時々	sometimes	有時候　yǒu shíhòu
よく	often	常常　chángcháng
いつも	always	總是　zǒng shì
ジム	Gym	健身房　jiàn shēn fáng
女の子	girl	女生　nǔshēng
男の子	boy	男生　nánshēng
週末	weekend	週末　zhōu mò
一緒に	together	一起　yīqǐ
ハイキング	hiking	爬山　pá shān
水泳	swimming	游泳　yóuyǒng
筋トレ	work out	健身　jiàn shēn
ランキング	running	跑步　pǎo bù
ランニングマシン	treadmill	跑步機　pǎo bù jī
ウェートリフティング	weightlifting	舉重　jǔ zhòng
友達をつくる	making friends	交朋友　jiāo péng yǒu
おしゃべりする	chatting	聊天　liáo tiān
それとも、あるいは	or	或　huò
使用	use	用　yòng

Exercise 練習 liàn xí

_____   _____   _____

2. Please complete the fellowing sentences with Adverb　句型練習

30%	**I sometimes　時々～する**
	我有時候　Wǒ yǒu shí hòu _____
60%	**I often　よく～する**
	我常常　Wǒ chángcháng _____
100%	**I aways いつも～する**
	我總是　Wǒ zǒng shì _____

22

Drinking Tea
お茶を飲む

小蔓是一位美國人，
Xiǎo màn shì yī wèi Měiguó rén,
Samantha is an American.

她不喜歡喝咖啡，可是她喜歡喝茶。
Tā bù xǐ huān hē kāfēi, kě shì tā xǐ huān hē chá.
She does not like to drink coffee, but she likes to drink tea.

她和她的朋友在台灣阿里山賣烏龍茶。
Tā hàn tā de péng yǒu zài Táiwān Ālǐshān mài wū lóng chá.
She and her friends sell Oolong tea in Taiwan Alishan.

她每天早上一定要喝一杯熱的烏龍茶，
Tā měi tiān zǎo shàng yī dìng yào hē yībēi rè de wū lóng chá,
She must drink a cup of hot Oolong tea every morning.

小蔓有時候下午茶會買珍珠奶茶，
Xiǎo màn yǒu shí hòu xià wǔ chá huì mǎi zhēn zhū nǎi chá,
Samantha sometimes buys tapioca milk tea for the afternoon tea,

她喜歡她的珍珠奶茶甜度半糖少冰。
Tā xǐ huān tā de zhēn zhū nǎi chá tián dù bàn táng shǎo bīng.
She likes her Tapioca milk tea with normal sweetness less ice.

単語 Vocabulary　生詞 shēng cí

アメリカ	USA	美國 Měiguó
毎日	Everyday	每天 měi tiān
でも、しかし	but	可是 kě shì
きっと、絶対に	must	一定 yī dìng
ほしい	want	要 yào
ウーロン茶	Oolong tea	烏龍茶 wū lóng chá
熱い	hot	熱的 rè de
アイスの	iced	冰的 bīng de
冷たい	cold	冷的 lěng de
時々	sometimes	有時候 yǒu shíhòu
ティータイム	afternoon tea	下午茶 xià wǔ chá

Answer the questions　口語練習

①你喜歡喝茶還是咖啡 Nǐ xǐhuān hē chá háishì kāfēi？

　Do you like to drink tea or coffee?

　あなたはお茶を飲むのがすきですか。それともコーヒーですか。

②你喜歡喝冰的茶嗎 Nǐ xǐhuān hē bīng de chá ma？

　Do you like to drink tea with ice?

　あなたはアイスティーを飲むのが好きですか。

③你喜歡下午茶嗎 Nǐ xǐhuān xià wǔ chá ma？

　Do you like afternoon tea?

　あなたはティータイムが好きですか。

④你會吃什麼 Nǐ huì chī shénme？

　What will you eat?

　なにを食べようとしますか。

台灣茶文化 Tea Cultural in Taiwan

在台灣，所有街邊茶店家都可以依您需要的甜度和溫度調配出您所喜愛的茶飲。

When you order the tea from a Taiwan street tea shop, you will be asked to customize the tea. *Your Tea Your Way!*

台湾では、すべての路上のお茶屋さんが、ご希望通りに甘さや温度に合わせてお気に入りのお茶を調製することができます。

Sugar level 甜度 tián dù   甘さ

English	中文	拼音	日本語
Regular Sugar	正常	zhèng cháng	通常
Less Sugar	少糖	shǎo táng	砂糖少な目
Half Sugar	半糖	bàn táng	砂糖半分
Quarter Sugar	微糖	wéi táng	微糖
Sugar-Free	無糖	wú táng	無糖

Ice level 冰度 bīng dù   アイス量

English	中文	拼音	日本語
100% Ice	正常	zhèng cháng	通常
50% Ice	少冰	shǎo bīng	アイス少な目
0% No Ice	去冰	qù bīng	アイス抜き

興趣
Xìng qù

Interests

趣味

純子是一位有名的老師，
Chúnzi shì yī wèi yǒu míng de lǎoshī,
Chunzi is a famous teacher.

她的興趣是看書和拍照。
Tā de xìng qù shì kàn shū hàn pāi zhào.
Her interests are reading books and photography.

她也很喜歡吃美食和旅遊。
Tā yě hěn xǐhuān chī měishí hàn lǚyóu.
She also likes delicious food and travel.

她最喜歡台灣。
Tā zuì xǐ huān Táiwān,
She likes Taiwan the most.

她每一次去台灣旅遊一定會逛街買東西，
Tā měi yi cì qù Táiwān lǚ yóu yi dìng huì guàng jiē mǎi dōng xī,
Every time she travels to Taiwan, she will go shopping,

還有買台灣鳳梨酥給她的家人。
hái yǒu mǎi Táiwān Fènglí sū gěi tā de jiā rén.
and also buy Taiwan pineapple pastry for her family.

単語 Vocabulary 生詞 shēng cí

趣味	interests	興趣 xìng qù
有名な	famous	有名的 yǒu míng de
教師	teacher	老師 lǎo shī
本読み	reading a book	看書 kàn shū
写真撮り	take a photo	拍照 pāi zhào
美食	delicious food	美食 měi shí
旅行	traveling	旅遊 lǔyóu
毎回	each time	每一次 měi yī cì
買う	buy	買 mǎi
物	stuff	東西 dōng xī
きっと、絶対に	must	一定 yīdìng
または～、あとは～	and also	還有 hái yǒu
ウインドショッピング	window shopping	逛街 guàng jiē
パインアップルケーキ	Pineapple pastry	鳳梨酥 fèng lí sū

Exercise 練習 liàn xí

1. Please write down the Pinyin or Chinese Characters
請寫下拼音或生詞　ピンイン或いは単語を書いてください。

_____　　_____　　_____

2. Please complete the fellowing sentences with Adverb　句型練習

①你的興趣是什麼 Nǐ de xìng qù shì shénme？

What are your interests?

ご趣味は何ですか。

②你喜歡逛街嗎 Nǐ xǐhuān guàng jiē ma？

Do you like to do window shopping?

ウインドショッピングが好きですか。

③你喜歡拍照嗎 Nǐ xǐhuān pāi zhào ma？

Do you like to take a photo?

写真を撮るのが好きですか。

Play Video Games
ビデオゲームをする

今天是三月二十七號星期六，
Jīn tiān shì sān yuè èr shí qī hào xīng qí liù
Today is Saturday on March 27th.

阿智總是在週末和他的同事小澤一起打電動。
Azhì zǒng shì zài zhōumò hàn tā de tóng shì Xiǎozé yīqǐ dǎ diàndòng.
Bart always plays games together with his colleague Michael on the weekend.

阿智是一位波蘭人，小澤是一位英國人。
Azhì shì yī wèi Bōlán rén, Xiǎozé shì yī wèi Yīngguó rén.
Bart is Polish, Michael is British.

他們最喜歡的遊戲是瑪麗歐派對，
Tā men zuì xǐhuān de yóuxì shì Mǎlìōu pàiduì,
Their favorite game is Mario Party,

他們總是玩好幾個小時，一點也不覺得累！
Tā men zǒng shì wán hǎojǐ gè xiǎoshí, yīdiǎn yě bù juédé lèi!
They always play for several hours, not feeling tired at all !

単語 Vocabulary 生詞 shēng cí

ポーランド	Poland	波蘭 Bōlán
イギリス	UK	英國 Yīngguó
昨日	yesterday	昨天 zuó tiān
今日	today	今天 jīn tiān
明日	tomorrow	明天 míng tiān
月	month	月 yuè
日	date	號 hào
週	week	星期 xīngqí
週末	weekend	週末 zhōumò
いくつ、何個	several	好幾個 hǎojǐ gè
〜時間	hours	小時 xiǎoshí
〜と思う	feel	覺得 juédé
疲れる	tired	累 lèi
ちっとも	not at all	一點也 yī diǎn yě
ゲーム	games	遊戲 yóu xì
パーティー	party	派對 pài duì
ビデオゲームをする	play video games	打電動 dǎ diàn dòng

Numbers

1	2	3	4	5	6	7	8	9	10
一	二	三	四	五	六	七	八	九	十
yī	èr	sān	sì	wǔ	liù	qī	bā	jiǔ	shí

Exercise 練習 liàn xí

1. Please write down the Pinyin or Chinese Characters
請寫下拼音或生詞　ピンイン或いは単語を書いてください。

ビデオゲームをする	play video games	_____
週末	weekend	_____
疲れる	tired	_____
ゲーム	games	_____
今日	today	_____

2. Answer the questions 口語練習

①你週末做什麼 Nǐ zhōu mò zuò shén me？

What do you do on the weekend?　週末になにをしますか。

②你打電動嗎 Nǐ dǎ diàn dòng ma？

Do you play video games?　ビデオゲームをしますか。

③你喜歡派對嗎 Nǐ xǐhuān pàiduì ma？

Do you like to party?　パーティーが好きですか。

Taiwan's weather

台湾の天気

龍哥是外國人，他住在台灣 5 年了。

Lóng gē shì wài guó rén, tā zhù zài Táiwān wǔ nián le.

Iain is a foreigner, He has lived in Taiwan for 5 years.

他覺得台灣的夏天太熱了，春天也常常下雨。

Tā juédé Táiwān de xià tiān tài rè le, chūn tiān yě chángcháng xià yǔ.

He felt Taiwan's summer is too hot, it often rains in spring.

可是他很喜歡台灣的冬天，因爲一點也不冷。

kěshì tā hěn xǐhuān Táiwān de dōng tiān, yīnwèi yīdiǎn yě bù lěng.

but he really likes winter in Taiwan, because it's not cold at all.

他想念英國冬天下雪的日子，

Tā xiǎng niàn Yīngguó dōng tiān xià xuě de rìzi,

He misses the snowy winter days in England.

雖然很冷可是很浪漫。

suīrán hěn lěng kěshì hěn làng màn.

although it is very cold but it is very romantic.

外国人	Foreigner	外國人 **wài guó rén**
～に住む	lived in	住在 **zhù zài**
天気	weather	天氣 **tiān qì**
暑すぎる	too hot	太熱了 **tài rè le**
とても寒い	very cold	很冷 **hěn lěng**
春	Spring	春天 **chūn tiān**
夏	Summer	夏天 **xià tiān**
秋	Autumn	秋天 **qiū tiān**
冬	Winter	冬天 **dōng tiān**
雨が降る	raining	下雨 **xià yǔ**
雪が降る	snowy	下雪 **xià xuě**
会いたい	miss	想念 **xiǎng niàn**
ロマンチック	romantic	浪漫 **làng màn**
だから	because	因為 **yīn wèi**
～ですが	although	雖然 **suī rán**
も	also/too	也 **yě**

Exercise 練習 liàn xí

_____   _____   _____

2. Answer the questions　口語練習

①今天冷嗎 **Jīn tiān lěng ma**？

　Is it cold today?

　今日は寒いですか。

②你不喜歡的天氣是什麼 **Nǐ bù xǐhuān de tiān qì shì shénme**？

　What kind of weather don't you like?

　あなたが好きではない天気は何ですか。

③你覺得下雪浪漫嗎 **Nǐ juédé xià xuě làng màn ma**？

　Do you think snowing is romantic?

　雪が降るのはロマンチックだと思いますか。

See a doctor
お医者さんに行く

我的妹妹生病了，
Wǒ de mèimei shēng bìng le,
My younger sister is sick.

她流鼻水，咳嗽，喉嚨痛，頭痛，可是沒發燒。
Tā liú bí shuǐ, ké sòu, hóu lóng tòng, tóu tòng, kěshì méi fāshāo.
She has a runny nose, coughing, sore throat, headache, but no fever.

她的醫生說她感冒了，
Tā de yīshēng shuō tā gǎnmào le,
Her doctor said she has flu.

醫生要她多喝水多休息，
Yīshēng yào tā duō hē shuǐ duō xiū xí,
Doctor wants her to drink more water and take more rest.

一定要記得吃藥還有戴口罩，
yīdìng yào jìdé chī yào, hái yǒu dài kǒu zhào,
Must remember to take medicine and also put on a mask,

不要傳染給別人。
bú yào chuánrǎn gěi biérén.
Do not infect others.

単語 Vocabulary　生詞 shēng cí

お医者さん	Doctor	醫生 Yīshēng
妹	younger sister	妹妹 mèimei
病気になった	sick	生病了 shēng bìng le
鼻水が出る	runny nose	流鼻水 liú bí shuǐ
咳が出る	coughing	咳嗽 ké sòu
喉が痛い	sore throat	喉嚨痛 hóu lóng tòng
頭痛	headache	頭痛 tóu tòng
熱が出る	fever	發燒 fā shāo
風邪	flu	感冒 gǎn mào
お水を飲む	drinking water	喝水 hē shuǐ
休む	take a rest	休息 xiū xí
覚える	remember	記得 jìdé
薬を飲む	taking medicine	吃藥 chī yào
マスクをする	put on a mask	戴口罩 dài kǒu zhào
〜したくない	don't want to	不要 bú yào
うつる	infection	傳染 chuán rǎn
他人	other people	別人 bié rén

Power Station 充電場

bú yào 不要＝ Don't want to / Do Not! (WARMING)
　　　　　〜したくない/〜しないで！！

dài 戴 ＝ put on (eg. glasses, ear rings, watch, gloves, hat, etc.)
（眼鏡、ピアス、腕時計、手袋、帽子などを）つける、かける、かぶる）

Exercise 練習 liàn xí

_____   _____   _____

_____   _____   _____

Haircut

髪の毛を切ってもらう

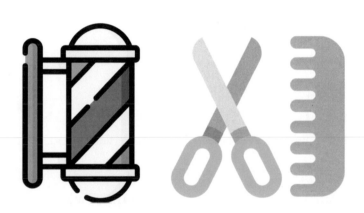

莉莉來台灣一年了，

Lìlì lái Táiwān yī nián le,

Lili has been to Taiwan for 1 year.

她覺得她的頭髮太長了，她需要剪短。

Tā juédé tā de tóufǎ tài cháng le, tā xūyào jiǎn duǎn.

She thinks her hair is too long and she needs to cut it short

今天她跟她的朋友第一次去洗頭和修頭髮。

Jīn tiān tā gēn tā de péngyǒu dì yī cì qù xǐtóu hàn xiū tóufǎ.

Today she went with her friend for the first time,
got her hair shampooed and trimmed.

她們覺得台灣的髮廊服務很好，

Tā men juédé Táiwān de fǎláng fúwù hěn hǎo,

They think the hair salon service in Taiwan is very good,

洗頭的時候有按摩，也有做指甲服務。

Xǐ tóu de shíhòu yǒu ànmó, yě yǒu zuò zhǐjiǎ fúwù.

There is a massage during shampooing, also has nail services.

她們覺得這是一個很有趣的體驗，

Tā men juédé zhè shì yīgè hěn yǒuqù de tǐyàn,

They think this is a very interesting experience.

下次還要再去！

xià cì hái yào zài qù!

Will go again next time!

単語 Vocabulary 生詞 shēng cí

ヘアサロン	hair salon	髮廊 fǎ láng
髪の毛を切る	hair cut	剪頭髮 jiǎn tóufǎ
短く切る	cut it short	剪短 jiǎn duǎn
トリミング	hair trim	修頭髮 xiū tóufǎ
ロングヘア	long hair	長髮 cháng fǎ
ショートヘア	short hair	短髮 duǎn fǎ
シャンプーする	shampoo	洗頭 xǐ tóu
リンス	rinse	潤絲 rùn sī
マッサージ	massage	按摩 ànmó
サービス	service	服務 fúwù
面白い	interesting	有趣 yǒu qù
体験	experience	體驗 tǐ yàn
次回	next time	下次 xià cì
もっとほしい	more	還要 hái yào
また	again	再 zài

Salon Vocabulary サロン用語

ネイルをする	nail polish	做指甲 zuò zhǐ jiǎ
マニキュア	manicure	修手指甲 xiū shǒu zhǐ jiǎ
ペディキュア	pedicure	修腳指甲 xiū jiǎo zhǐ jiǎ

Exercise 練習 liàn xí

1. 圈○出你想體驗的事　**Quān chu nǐ xiǎng tǐyàn de shì.**

体験したいことを○付けてください。

Circle what you would like to experience the most.

洗頭　**xǐ tóu**　　　剪頭髮　**jiǎn tóufǎ**

修頭髮　**xiū tóufǎ**　　做指甲　**zuò zhǐ jiǎ**

修手指甲　**xiū shǒu zhǐ jiǎ**

按摩　**àn mó**　　　修腳指甲　**xiū jiǎo zhǐ jiǎ**

2. Answer the questions　口語練習

①你的頭髮是長的嗎　**Nǐ de tóufǎ shì cháng de ma**？

Do you have long hair?

髪の毛は長いですか。

②你喜歡去髮廊洗頭嗎　**Nǐ xǐhuān qù fàláng xǐ tóu ma**？

Do you like to do shampoo in the hair salon?

ヘアサロンでシャンプーしてもらうのが好きですか。

③你喜歡做指甲嗎　**Nǐ xǐhuān zuò zhǐjiǎ ma**？

Do you like to put on nail polish?

ネイルをするのが好きですか。

Ordering Food in a Chinese Restaurant
中華料理屋さんで注文

今天我們六個同學在一家中餐廳點了很多菜；

Jīntiān wǒ men liù gè tóng xué zài yī jiā zhōng cān tīng diǎnle hěnduō cài;

Today, the six of us classmates ordered a lot of food in a Chinese restaurant;

我們點了一盤炒牛肉，一盤番茄炒蛋，

wǒ men diǎnle yī pán chǎo niú ròu, yī pán fān qié chǎo dàn,

we ordered a plate of stir fried beef, a plate of tomato scrambled eggs,

一盤烤鮭魚，兩份蔥油餅，四籠小籠包，

yī pán kǎo guī yú, liǎng fèn cōng yóubǐng, sì lóng xiǎo lóng bāo,

a plate of grilled fish, two scallion pancakes, a basket of steamed buns

十七顆高麗菜水餃，兩碗雞湯麵，一瓶芭樂汁

shí qī kē gāolì cài shuǐ jiǎo, liǎng wǎn jī tāng miàn, yī píng bālè zhī

seventeen cabbage dumplings, two bowls of chicken soup, a bottle of guava juice

最後也點了三塊草莓蛋糕和五杯大的熱拿鐵。

zuìhòu yě diǎn le sān kuài cǎoméi dàngāo hàn wǔ bēi dà de rè ná tiě.

Finally ordered three pieces of strawberry cake and five cups of large lattes.

我們一共吃了$2,074 元。

Wǒ men yīgòng chī le $2,074 yuán.

We spent total $2,074.-

我們真的吃太多也吃太飽了。　　　哈哈哈！

Wǒ men zhēn de chī tài duō yě chī tài bǎole.　　　hā hā hā!

We really ate too much and are so full.　　hahaha!

単語 Vocabulary 生詞 shēng cí

朝ごはん	breakfast	早餐	zǎocān
昼ご飯	lunch	午餐	wǔcān
晩ご飯	dinner	晚餐	wǎncān
夜食	night snack	宵夜	xiāo yè
レストラン	restaurant	餐廳	cāntīng
注文する	order	點菜	diǎn cài
～を注文した	ordered	點了	diǎnle
最後に	finally	最後	zuì hòu
食べすぎる	eat too much food	吃太多	chī tài duō
お腹がいっぱいになりすぎる	So full	太飽了	tài bǎole
合計で	total	一共	yī gòng

Other Useful Vocabulary 使いやすい用語

Take out 外帶 wài dài Eat in 內用 nèi yòng
持ち帰り 店内で食べる

Power Station 充電場

This lesson mainly focuses on ordering Chinese food with proper measure words.
本課主要著重於使用適當的量詞點中餐。
本課の重点は、適切な助数詞を使って中華料理を注文することです。

Menu 菜單メニュー

一盤炒牛肉　yī pán chǎo niú ròu

A plate of stir fried beef　一皿の牛肉炒め

一盤番茄炒蛋　yī pán fān qié chǎo dàn

A plate of scramble eggs with tomato　一皿のトマトと卵の炒め物

一盤烤鮭魚　yī pán kǎo guī yú

A plate of grilled salmon　一皿の焼き鮭

兩份蔥油餅　liǎng fèn cōng yóu bǐng

Two portions of scallion pancakes　二つのねぎ焼きもち

四籠小籠包　sī lóng xiǎo lóng bāo

Four baskets of small steamed buns　四籠のショーロンポー

十七顆高麗菜水餃　shí qī kē gāolì cài shuǐ jiǎo

Seventeen cabbage dumplings　十七個のキャベツ入り水餃子

三碗雞湯麵　sān wǎn jī tāng miàn

Three bowels of chicken soup with noodles　（お椀）三つのジータンメン

一瓶芭樂汁　yī píng bālè zhī

A bottle of guava juice　一本のグアバジュース

三塊草莓蛋糕　sān kuài cǎo méi dàn gāo

Three pieces of strawberry cake　三つのショートケーキ

五杯大杯熱拿鐵　wǔ bēi dà de rè ná tiě

Five cups of large Lattes　五杯のラージのホットカフェラッテ

Exercise 練習 liàn xí

1. Please Order food from the MENU

Q：請問您外帶還是內用？

Qǐng wèn nín wài dài hái shì nèi yòng？

Would you like to take out or eat in?

お持ち帰りですか。店内でですか。

Q：你想點什麼菜？ A：我想點 ＿＿＿＿

Nǐ xiǎng diǎn shénme cài？ **Wǒ xiǎng diǎn ＿＿＿**

What would you like to order？

お注文はお決まりですか。 ＿＿を注文します。

（何を注文したいですか。）

Q：妳想外帶什麼菜？ A：我想外帶 ＿＿＿

What would you like to take out？ **Wǒ xiǎng wài dài ＿＿＿**

何をお持ち帰りになりますか。 ＿＿を持ち帰りします。

2. Match with correct meanings　找出正確的字
正しい文字を探してください。

肉	ròu	soup
魚	yú	juice
菜	cài	egg
蛋	dàn	meat
湯	tāng	noodle
飯	fàn	vegetable
麵	miàn	rice
汁	zhī	fish

NOTES

Congratulations! You've learnt it all. Yeah!
お疲れ様！いっぱい勉強しましたね！

About the Author 關於作者
Emily H. Chang 愛美麗老師

愛美麗老師生於台灣台北市，熱愛華語文教學，迄今累積十多年豐富的語文教學經驗。精通中、英雙語。教學經驗授教於國立台灣師範大學國語中心，美國國防部語言中心華語研習，美國官員華語研習，美國格蘭谷州立大學，美國舊金山法語學校，日本金澤大學，日本立命館大學，日本宇都宮大學，新加坡美國學校，師大暑期夏令營等。同時受聘於台灣中華開發金控公司，英屬數位森林科技有限公司，泰國凱悅飯店集團，華碩電腦台灣總公司，國家華語測驗推動工作委員會（SCTOP）之華語文能力測驗命題師以及教育部之國科會計畫以及僑委會數位華語教學師資培訓之課程講師，經濟部工業局跨文化與華語之重要性特聘講師。

Emily H. Chang was born in Taipei, Taiwan and has over 10 years experience teaching both Mandarin Chinese and English. Her professional Mandarin Chinese teaching and Cross-Cultural Training includes; National Taiwan Normal University Mandarin Training Center, CDF Holding Company Taiwan Ltd, Digital Forest Tech Ltd. ASUS Tek Taiwan, Hyatt Hotel HuaHin Thailand, Defense Language Institute USA, Grand Valley University of Michigan, French American School of San Francisco, Kanazawa University Japan, Ritsumeikan University Japan, Utsunomiya University Japan, Singapore American School, NTNU MTC Summer camp as well as Mandarin Teachers Trainer of Overseas Chinese Affairs Council Taiwan, Digital E-learning of Ministry of Education Taiwan and the Steering Committee for the Test of Proficiency-Huayu (SC-TOP) Taiwan. Intelligent Electronic Institute of Industrial Development Bureau, Ministry of Economic Affairs Taiwan R.O.C

エミリー（Emily H. Chang）先生は台湾台北市生まれで、華語の教育を愛し、今まで10年以上の豊富な言語教育の経験を積んでいます。中英両語を熟知しています。彼女は国立台湾師範大学国語中心、アメリカ国防省言語センターの華語研修、アメリカ官僚の華語研修、アメリカのグランドバレー州立大学、サンフランシスコのフランス語学校、日本の金沢大学、立命館大学、宇都宮大学、山形大学、シンガポールアメリカンスクール、師範大学の夏期セミナーなどで教育を行ってきました。同時に彼女は台湾中華開発金控公司、英属デジタルフォレストテクノロジー有限公司、タイのハイアットホテルグループ、華碩電脳台湾総本社、国家華語能力テスト推進作業委員会（SCTOP）の華語能力テスト出題者、教育部国科会計画、及び僑委会のデジタル華語教育師資の育成プログラムの講師として招聘され、経済部産業局の異文化交流と華語の重要性の特別講師を務めています。

THANKS TO

PIVOTPOINTE

New Zealand & Taiwan

www.pivot-pointe.com

Shihjhuo Alishan, Taiwan

台灣阿里山石桌

For PATRONS please contact: https://www.lovemily.tw/

國家圖書館出版品預行編目

愛美麗華語. II = Lovemily Mandarin Chinese
(easy reading) / 愛美麗著. -- 初版. --
臺北市 : 張詩璇, 2023.06
　　面；　　公分
中英日對照
ISBN 978-626-01-1459-6(平裝)

1. CST: 漢語　2. CST: 讀本

802.88　　　　　　　　　　112010160

愛美麗華語（II）
LOVEmily Mandarin Chinese (Easy Reading)

作　　者　愛美麗
創意設計　愛美麗
插圖出處　Flaticon
日文翻譯　郭柔孜
英文翻譯　Emily H Chang
出版策劃　張詩璇
Website　https://www.lovemily.tw/
製作銷售　秀威資訊科技股份有限公司
　　　　　114 台北市內湖區瑞光路76巷69號2樓
　　　　　電話：+886-2-2796-3638
　　　　　傳真：+886-2-2796-1377
網路訂購　秀威書店：https://store.showwe.tw
　　　　　博客來網路書店：https://www.books.com.tw (English Order)
　　　　　三民網路書店：https://www.m.sanmin.com.tw
　　　　　讀冊生活：https://www.taaze.tw

定　　價　520元
初版日期　2023年6月
修訂二版　2024年7月
I S B N　978-626-01-1459-6

Official Website